723

FRAGMENS,

COMPOSÉS DE L'ACTE
D'*EUTHYME* ET *LYRIS*,
NOUVEAU BALLET-HÉROÏQUE,
EN UN ACTE;

*ET DE CELUI D'*ARUÉRIS*, OU LES* ISIES,

DES FÊTES DE L'HIMEN.

REPRÉSENTÉS
PAR L'ACADÉMIE ROYALE
DE MUSIQUE,

Le Mardi 1ᵉʳ Octobre 1776.

PRIX XXX. SOLS.

A PARIS,

Chés DELORMEL , Imprimeur de ladite Académie , rue du Foin ,
à l'Image Sainte Genevieve.

On trouvera des *Exemplaires du Poeme à la Salle de l'Opera.*

M. DCC. LXXVI.
AVEC APPROBATION ET PRIVILEGE DU ROI.

Le Poëme est de M. BOUTELLIER.

La Musique est de M. DÉSORMERI.

AVERTISSEMENT.

*L*YBAS *étoit de l'Armée d'Ulyſſe. La Flotte de ce Prince ayant été jettée par une tempête ſur les côtes de l'Italie, Lybas inſulta une jeune fille de Témeſſe, que les Habitans de cette ville vengerent, en tuant le Grec. Mais bientôt après les Témeſſiens furent affligés de tant de maux, qu'ils penſoient à abandonner leur ville ; quand l'Oracle d'Apollon leur conſeilla d'appaiſer les Mânes de Lybas, en lui faiſant bâtir un temple, & en lui ſacrifiant, tous les ans, une jeune fille. Ils obéirent à l'Oracle, & Témeſſe n'éprouva plus de calamités.*

Quelques années après, un brave Athléte, nommé Euthyme, s'étant trouvé à Témeſſe, dans le temps qu'on alloit faire le ſacrifice annuel d'une jeune fille, il entreprit de la délivrer, & de combattre le génie de Lybas. Le Spectre parut, en vint aux mains avec l'Athléte , fut vaincu , & de rage alla se précipiter dans la Mer. Les Témes-siens rendirent de grands honneurs à Euthyme , lequel épousa la jeune fille qui devoit être immolée.

Dict. de la Fable : Pausanias , Liv. 6.

EUTHYME
ET
LYRIS,
BALLET-HÉROÏQUE.

PREMIÈRE ENTRÉE.

A

ACTEURS ET ACTRICES
CHANTANTS DANS LES CHŒURS.

CÔTÉ DU ROI.   CÔTÉ DE LA REINE.

Mesdemoiselles.	*Messieurs.*	*Mesdemoiselles.*	*Messieurs.*
Dubuiston.	Cailteau.	Chateauvieux	Candeille.
Dauterive.	Héri.	d'Agée.	Vatelin.
	Lagier.		Tourcati.
Veron.	Martin.	Desrosières.	Capoi.
Garrus.	le Grand.	Chenais.	Ghuiot.
	Lhoste.		Jacquier.
Dussée.	Boi.	Demerey.	Méon.
Desivri.	Huet.	Thaunat.	Cleret.
	Itasse.	Constance.	Tacussec.
Rouxelin.	Parant.		Baillon.
	Jouve.	St. Aubin.	de Lori.
Sanctus.	Jalaguier.	Laurence.	Fagnan.
	Moulin.		Poussez.
Prevost.		Gervilliers.	

ACTEURS CHANTANS.

EUTHYME, *fameux Athléte*,   M. l'Arrivée.
LYRIS, *jeune Témeſſienne*,   Mlle Arnould.
ATHIS, *ami d'EUTHYME*,   Mr Lainés.
LE GRAND SACRIFICATEUR
    DE LYBAS,   Mr Gélin.
LE SPECTRE DE LYBAS,   Mr Peré.
L'AMOUR,   Mlle Virginie.
COMPAGNES DE LYRIS.
PRÊTRES DE LYBAS.
PEUPLE DE TÉMESSE.
LES DIEUX MANES.
GRACES, AMOURS.

La Scêne eſt à TÉMESSE, en Italie.

A ij

4

PERSONNAGES DANSANTS.

GRACES.

Mlles LAFOND, D'ELFEVRE, DUBOIS.

M^{rs}. Doſſion, Olivier, Barré, Caſter, Giguet, Guillet.

Mlles. Mulaire, Duval, Eſther, Durville, Thiſte, le Blanc.

PLAISIRS.

M. VESTRIS.   Mlle. HEINEL.

M. VESTRIS f.,   Mlle. ASSSELIN.

PEUPLES.

M. GARDEL, l.

M^{rs} le Doux, le Breton, Hennequin l., le Bel, Petit, du Chaiſne.

Mlles. l'Huillier, Richer, Jonveau, du Parc, Auguſte, Thevenet.

EUTHYME ET LYRIS,
BALLET-HÉROÏQUE.

Le théâtre repréſente un Temple ſouterrain. Sur un des côtés eſt le tombeau de LYBAS, & un autel teint de ſang.

SCÈNE PREMIÈRE.
LYRIS, ſeule.

MÂNES ſacrés que Témeſſe révère,
Au même inſtant, peut-être, que le ſort,
Hélas ! me condamne à la mort,
Quel aveu viens-je ici vous faire ?

Vainement j'ai bravé l'amour,
Euthyme regne fur mon âme....
Ah! n'en murmurés pas, prête à perdre le jour,
Rien encor n'a trahi ma flâme ;
Vous feuls favés le fecret de mon cœur,
Et mon amant ignore mon ardeur.

Mânes facrés, &c.

Euthyme vient, ô ciel! évitons fi je puis....

S C Ê N E II.
E U T H Y M E, L Y R I S.
E U T H Y M E.

Vous me fuyés, inhumaine Lyris?
Rien ne peut-il calmer votre injufte colère?
Ne pourrai-je jamais parvenir à vous plaire?
Du plus beau feu mon cœur fe fent épris,
Et vos rigueurs en font le prix.

L Y R I S.

Pour me parler d'une tendreffe vaine,
Ofés-vous pénétrer jufques dans ce féjour,
Et fon horreur convient-elle à l'amour?

EUTHYME.

Ah! fi vous approuviés le penchant qui m'entraîne,
Vous feriés moins fenfible à l'afpect de ces lieux;
Tout s'embellit où l'on voit vos beaux yeux.

Du Dieu de Cythère
Quand on reffent les feux,
Eft-il d'afile ténébreux
Que fon divin flambeau n'éclaire ?
C'eft un guide charmant qui porte la lumière,
Sur les pas des amans heureux.

LYRIS.

Peut-on, dans l'efclavage,
Goûter quelque félicité ?
Quel bien vaut l'avantage
De conferver fa liberté !

EUTHYME.

Ne cefferés-vous point un fi cruel langage ?
Comme Vénus vous favés tout charmer,
Comme elle, hélas ! ne fauriés-vous aimer ?
Vainement on veut s'en défendre,
A l'amour, tôt ou tard, il faut enfin fe rendre;
Mais votre cœur jamais ne pourra s'enflâmer
Pour un amant plus conftant, ni plus tendre.

Comme Vénus, &c.

LYRIS.

Non, ne vous flattés pas que jamais je m'engage
Sous les loix de ce Dieu séducteur & volage.

EUTHYME.

    Enfant de la beauté ,
L'Amour ne vôle qu'après elle;
Et ce n'est que par une belle
    Qu'il veut être arrêté :
    Enfant de la beauté ,
L'Amour lui fut toujours fidèle.

LYRIS.

    Pour n'être qu'un enfant ,
L'Amour n'en est pas moins à craindre ,
    Et n'en fait pas moins feindre.
A fuir son funeste penchant
Un cœur ne peut trop se contraindre.
Si l'on ne trouvoit de douceur
    Qu'à porter ses chaînes ,
En nous conduisant au bonheur ,
Devroit-il donc nous causer tant de peines !

    Pour n'être , &c.

EUTHYME.

Contre l'Amour votre cœur prévenu
Veut affecter en vain une vertu sévère ?

Vos

Vos discours, vos regards décèlent le mystère,
Et me font voir un rival inconnu
Que votre âme, en secret, chérit & me préfère.

L Y R I S, *vivement.*

Moi, j'aimerois . . . ô ciel ! que dites-vous ?
Gardés-vous d'écouter ce sentiment jaloux :
Mon indifférence est extrême . . .

(*à part.*)

Mon cœur, hélas ! est prêt à se trahir lui-même.

E U T H Y M E.

Quand je voudrois prolonger mon erreur,
Ce transport, pour vous en défendre,
Ne doit il pas m'en faire assés entendre ?
Perfide, vous m'ôtés jusques à la douceur
De me cacher encor vos feux & mon malheur.

L Y R I S, *avec tranquilité.*

Dissipés vos soupçons, & regardés ce temple ;
Des dangers de l'amour & de ses châtimens,
Il présente à nos yeux un assés triste exemple :
Ah ! peut-on, lorsqu'on le contemple,
Oser s'abandonner à ses cruels penchants ?
Pour appaiser Lybas & ses mânes errants,
Nous souffrons, tous les ans, des maux illégitimes :

B

Une fille à l'autel doit recevoir la mort :
Mon nom est joint à celui des victimes,
Je vais savoir l'arrêt du sort.

(Elle entre au fond du temple.)

SCÊNE III.

EUTHYME seul.

Rien n'a pu surmonter sa fière indifférence :
L'inhumaine me fuit, & rit de mon ardeur.
Quel prix de ma persévérance !…
Ah ! rougissons aussi d'une indigne langueur !

Venés gloire, raison, le dépit vous rappelle,
Venés regner à votre tour.
Faites-moi triompher d'une flâme rebelle ;
La gloire des Héros est de vaincre l'amour :
Bannissés de mon cœur une beauté cruelle,
Et de ma liberté célebrés le retour.

Venés gloire, &c.

SCÈNE IV.

EUTHYME, ATHIS.

CHŒUR, *derrière le théâtre.*

O Jour fatal ! victime infortunée !

EUTHYME.

Qu'entends-je ?.. Athis, que m'annoncent tes pleurs ?

ATHIS.

Le plus grand des malheurs.
Par le fort, en courroux, Lyris est condamnée ;
Tant d'appas méritoient, hélas ! moins de rigueurs.

ATHIS & LE CHŒUR, *derrière le théâtre.*

O jour fatal ! victime infortunée !

EUTHYME.

Juste ciel ! je fremis ... Athis, quelles horreurs !

ATHIS.

Rien ne peut la sauver du coup qu'on lui prépare,
Elle va subir le trépas.

EUTHYME, *avec transport.*

Non, ce sacrifice barbare,
Ami, crois moi, ne s'accomplira pas.

Ah ! malgré les rigueurs dont fa fierté m'accable,
Le danger qui la preffe excite ma fureur :
Je prétends l'arracher à fon fort déplorable.

ATHIS.

Où vous emporte une trop vive ardeur ?
Redoutés pour vos jours tout un peuple en furie ;
C'eft à lui qu'on la facrifie.

EUTHYME.

Que le tonnerre gronde & tombe en mille éclats,
Plutôt que de fouffrir un fi cruel trépas.
Pour fauver ce que j'aime,
Tout deviendra poffible à l'effort de mon bras :
Dans ma fureur extrême,
J'ôferai défier même les immortels ;
Je détruirai ce temple & ces fanglants autels,
Dûffent tous leurs débris m'enfevelir moi-même.

ATHIS.

O ciel daigne appaifer fes tranfports furieux !
Mais déjà le peuple s'avance,
Et pour répondre à fon impatience,
Le grand prêtre conduit la victime en ces lieux.

SCÈNE V.

EUTHYME, ATHIS, LE GRAND SACRIFICA-
TEUR *de Lybas,* LYRIS, *parée en victime,*
entourée des PRÊTRES *de Lybas,* PEUPLE *de*
Témeſſe, Compagnes de LYRIS.

ATHIS, LE *CHŒUR.*

O Jour fatal ! victime infortunée !

LYRIS, à ſa Suite.

Mes compagnes, ceſſés de répandre des pleurs ;
Je vais mourir pour vous, le ſort m'a condamnée,
Heureuſe, ſi ma mort finiſſoit vos malheurs.

LE GRAND SACRIFICATEUR.

O mânes de Lybas, ombre triſte & plaintive,
    Suſpendés vos gémiſſemens.
La victime deſcend ſur l'infernale rive ;
    Voyés l'ardeur de nos empreſſemens.

CHŒUR DE PRÊTRES ET DE PEUPLE.

O mânes de Lybas, ombre triſte & plaintive.
    Suſpendés vos gémiſſemens.

(*Pendant ce Chœur on conduit* LYRIS *à l'autel.*)

LE GRAND SACRIFICATEUR.

Terminons fon impatience
Frappons...

*EUTHYME , l'épée à la main, fond à travers les
Prêtres , & leur enleve LYRIS.*

Barbare, arrête...

LYRIS.

O Ciel ! que faites-vous?

*LE GRAND SACRIFICATEUR , avec le
Chœur des PRÊTRES & du PEUPLE.*

Mortel audacieux, qu'elle eft ton infolence?
Redoute de Lybas le trop jufte courroux.

EUTHYME.

Malgré les Dieux j'entreprends fa défenfe.

(*Le tonnerre gronde , & le Théâtre eft dans la nuit.*)

LE CHŒUR.

Quel bruit affreux !.. quels terribles éclats ...
Le jour a fait place aux ténèbres ...
Que d'abîmes la terre entrouvre fous nos pas !

LE GRAND SACRIFICATEUR.

Quels lugubres accens !...j'entends des cris funèbres...

N'en doutons point, Lybas est armé contre-nous.
(*Au Peuple.*)

Pour l'appaiser, courés à la vengeance.

EUTHYME l'arrêtant.

Ne craignés rien, Peuple, rassurés-vous ;
Je veux vous affranchir d'une injuste puissance.

(*à ATHIS & aux guerriers de sa suite, en leur
confiant la garde de LYRIS.*)

Veillés, ô mes amis, veillés sur ses appas.
Tranquile sur son sort, je brave le trépas ;
   C'est s'assurer de la victoire même,
Que servir sa patrie & sauver ce qu'on aime.

(*Le bruit redouble ; le SPECTRE sort de son
tombeau, & tout se calme.*)

SCÈNE VI.

LES ACTEURS PRÉCÉDENS.

LE SPECTRE DE LYBAS, *armé d'un glaive.*

LE GRAND SACRIFICATEUR.

LYbas paroît, frémissons tous d'effroi :
  O ciel ! daigne nous faire grace.

CHŒUR de PRÊTRES & de PEUPLE.

O ciel! daigne nous faire grace.

LE SPECTRE, à EUTHYME.

C'eſt trop ſouffrir ta ſacrilége audace
Téméraire guerrier, qu'exiges-tu de moi ?

EUTHYME.

J'ôſe te refuſer le ſang qu'on veut répandre,
Et contre l'enfer & les cieux
J'ôſerai le défendre.

LE SPECTRE.

Il eſt tems d'arrêter tes tranſports furieux;
Crains le trépas le plus affreux.
Venés Mânes, à mon exemple,
Venés venger mes autels & mon temple.

(*Le bruit recommence : le S P E C T R E combat*
EUTHYME, & les Dieux mânes armés de flambeaux,
s'efforcent en vain de l'intimider & de le déſarmer.)

LE CHŒUR.

Ah! quel horrible bruit! quels terrib·es éclats!
Dieux! ne nous abandonnés pas.

LYRIS, ATHIS.

O Dieux! ne l'abandonnés pas.

Par

(*Par un dernier effort* EUTHYME *repouſſe le* SPECTRE & *les Dieux Mâns juſques dans le tombeau. Au même inſtant la foudre éclate & tombe ſur l'autel & ſur le monument qui s'abyment avec* EUTHYME *, le* SPECTRE *, & les Dieux mânes : il ſort d leur place des feux continuels de deſſous le Théâtre.*)

SCÊNE VII.

LYRIS *évanouie* , ATHIS *, compagne de* LYRIS, GUERRIERS, ATHLÉTES, PRETRES *de Lybas* , PEUPLE.

ATHIS & LE *CHŒUR.*

QUel déluge de feux ! le monument s'allume...
Euthyme... O ſort fatal ! la flamme le conſume.

(*Le bruit ceſſe.*)

LYRIS revenue d elle-même.

Ciel ! tout a diſparu... quelle ſecrette horreur
S'empare de mes ſens ?.. ſerais-je criminelle ?..
Je ne vois point Euthyme. ô mortelle douleur !
Euthyme... hélas vainement je l'appelle.

C

A THIS, & le CHŒUR.

O regrets fuperflus !
Le fidéle Euthyme n'eft plus.

L Y R I S , avec tranfport.

Il n'eft plus ?... c'eft pour moi qu'il a perdu la vie ;
Quand il fauve mes jours , j'ai pu caufer fa mort ! ..
 Ah ! je dois partager fon fort :
Euthyme , c'eft à toi que je me facrifie.

(*Elle va pour fe précipiter dans les flammes ; l'A-
mour paroît fur un nuage léger, & l'arrête. Dans
le même moment, le théâtre change & repréfente le
temple de l'Amour. EUTHYME eft au pied des
autels de ce Dieu , enchaîné de fleurs , & entouré
des Graces & des Amours.*)

SCÊNE DERNIERE.

LES ACTEURS PRÉCÉDENS.

L'AMOUR, EUTHYME, GRACES, AMOURS, PLAISIRS.

L'AMOUR, à LYRIS.

Arrête, & reconnois l'Amour.

LYRIS.

Daignés me rendre Euthyme !

L'AMOUR.

Il voit encor le jour.

LYRIS l'appercevant, & courant à lui.

Euthyme cher Euthyme, ah ! revois ton amante.

EUTHYME.

Ciel, qu'entends-je ? est-ce vous, trop aimable Lyris,
Euthyme n'est-il plus l'objet de vos mépris ?

L'AMOUR.

Que n'obtient point une flamme constante !
Belle Lyris, couronnés son attente,
Chérissés ce Héros, il est digne de vous.

C ij

LYRIS.

Ah ! mon cœur s'eſt trahi...

EUTHYME.

Que cet aveu m'enchante!
Il me promet le deſtin le plus doux.

L'AMOUR, aux PRÊTRES de Lybas.

O vous, d'un Dieu vengeur, miniſtres odieux,
Diſparoiſſés ; fuyés devant mes yeux.

(Les PRÊTRES ſe retirent.)

(Au Peuple.)

Ceſſés d'offrir aux Dieux un ſanguinaire hommage,
Peuples, un pur encens eſt leur juſte partage.
Euthyme a fini tous vos maux ;
Lybas porte aux enfers ſon impuiſſante rage :
Rendés graces à ce Héros.

EUTHYME, LYRIS.

Duo.

Brûlons d'une flamme éternelle,
Tendre Amour, reçois nos ſermens :
Fidéles à tes loix, des plus parfaits amans
Nous ferons le modéle.

(Le Peuple de Témeſſe accourt pour rendre hommage à EUTHYME, & pour féliciter LYRIS.)

DIVERTISSEMENT.

LE CHŒUR.

Eclatés bruyantes trompettes,
Annoncés les exploits d'Euthyme à l'univers ;
Il rend le calme à ces retraites :
Eclatés bruyantes trompettes,
Annoncés les exploits d'Euthyme à l'univers ;
Que de son nom retentissent les airs.

(On danse.)

ARIETTE.

L'amour se plaît parmi les jeux ; *
Mais il préfere la victoire,
Et c'est aux rayons de la gloire
Qu'il allume ses plus beaux feux.
Du prix flatteur dont il dispose
Il favorise les guerriers :
S'il cueille en passant une rose
Il se fixe sur les lauriers.

L'amour, &c.

FIN.

Un Ballet général termine l'acte.

---

* Cette Ariette n'est pas de l'Auteur.

ARUÉRIS
OU
LES ISIES.

DEUXIÈME ENTRÉE.

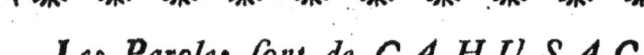

Les Paroles sont de *CAHUSAC.*
La Musique est de *RAMEAU.*

ARUÉRIS, reconnu chés les Égiptiens pour le Dieu des Arts, étoit fils D'OSIRIS & D'ISIS. Plutarque, qui rapporte sa naissance extraordinaire, dit que ce Dieu fut le modéle sur lequel les Grecs firent leur Apollon.

Les Isies ou *Isiennes* étoient des fêtes célébres institutées en l'honneur de la Déésse Isis, que les Egiptiens honoroient comme la Déésse univerſelle. * Les Hiſtoriens parlent de cette ſolemnité d'une maniere peu avantageuſe. Cependant les Egiptiens paſſoient pour le peuple le plus ſage de la terre, & les Prêtres d'Iſis étoient, ſelon Diodore & Plutarque, des Philoſophes extrêmement rigides. Ces fêtes, au reſte, étoient *un miſtère impénétrable.* Pauſanias raconté qu'un homme de Copte mourut ſubitement pour avoir voulu en révéler les ſecrèts. Ces particularités ont fait préſumer que, dans leur inſtitution, elles étoient telles, à peu-près qu'on les a miſes en ſcêne. Les reproches des Hiſtoriens ne tombent, ſans doute, que ſur les abus qui s'y étoient gliſſés depuis. Ne peuvent-ils pas corrompre les établiſſemens les plus reſpectables ?

* Elien, Hiſt. des Animaux, Liv. 10 Chap. 23.
Apulée, Liv. 11, de ſes Métam.

ACTEURS CHANTANS.

ARUERIS, *Dieu des Arts*,   M. le Gros,

ORIE, *jeune Nimphe*,   Mlle. du Plant.

UN BERGER,   M. Tirot.

UNE BERGERE,   Mlle. Mallet.

A

4

PERSONNAGES DANSANTS.
ÉGIPTIENS, ÉGIPTIENNES.

M. MARCADET.

Mlles. ALLARD,   PESLIN.

M. GARDEL c.,   Mlle. DORIVAL.

Mlles. HIDOUX,   VERNIER.

M^{rs}. Trupti, Rivet, Desbordes, Dangui, le Roi 1re.
Balderoni, Lieffe, le Roi 2., Dupré, la Rue,
Ducel, Radix.

Mlles. le Houx, la Blottiere, Felmée, Lory, Dagé,
Dufresnoi, Belletour, Regnard, Camille,
Courtori, Lilia, Neuville.

ARUÉRIS,
OU
LES ISIES.

Le Théâtre représente un Jardin orné.

SCÈNE PREMIERE.

ARUÉRIS.

LE bonheur de la terre est le bien où j'aspire,
Les talens vont prêter des charmes aux loisirs :
   J'assure, en fondant leur empire,
Des armes à l'amour, aux mortels des plaisirs.

A ij

Le Dieu des arts eſt l'appui de ta gloire :
Tendre amour , ſeconde ſes vœux ;
Éclaire l'objet de mes feux :
L'erreur qui le ſéduit balance ma victoire ;
Que ton flambeau brille à ſes yeux.

S C Ê N E   I I.

A R U É R I S , O R I E.

O R I E.

INgrat, pour les beaux arts votre amour ſe ſignale ,
Dans les jeux que vous ordonnés.
Le prix dont vous les couronnés
Ne m'annonce que trop une heureuſe rivale.

A R U É R I S.

Les talens , à l'envi , par d'agréables jeux ,
Vont célébrer d'Iſis la gloire & la naiſſance ,
Et desvainqueurs, l'amour doit combler tous les vœux.
Je leur offre la récompenſe,
Qui peut ſeule être digne d'eux.
Les dons les plus brillans ſont votre heureux partage ;
Dédaignés-vous le prix qui leur eſt préſenté ?

O R I E.

Ces foibles dons, fur la beauté
Doivent-ils avoir l'avantage?

A R U É R I S.

A nos cœurs la beauté porte les premiers coups :
 Son aimable empire fur nous
 Triomphe de l'indifférence ;
Mais à des traits plus fûrs, & peut-être plus doux,
 L'amour conftant doit fa puiffance.

O R I E.

 Eh ! quels font ces traits précieux ?
 Leur pouvoir doit me faire envie,
 Puifqu'ils font fi chers à vos yeux.

A R U É R I S.

 L'art des talens, aimable Orie,
 Bannit l'ennui de nos loifirs.
Il faut, comme à la terre, à la plus belle vie,
Ces charmes variés d'où naiffent les plaifirs.

 Cette plaine vafte & féconde
Ne préfente à nos yeux qu'une froide beauté ;
 Mais l'azur des cieux, répété
 Dans le criftal brillant de l'onde,
 Les bois, les valons, les côteaux,

'L'émail des fleurs, & la verdure
Rendent toujours riant, par leurs divers tableaux,
Le spectacle de la nature.

O R I E.

L'amour suffit aux cœurs qu'il fait bien enflâmer.

A R U É R I S.

Ah ! je vous aime Orie, autant qu'on peut aimer...

O R I E.

De ces jeux solemnels quel est donc le mistère ?

A R U É R I S.

Souvent la sagesse des dieux
Cache le bien qu'elle veut faire
Sous un voile mistérieux.

O R I E.

Mais peut-être qu'aux loix d'un vainqueur odieux...

A R U É R I S.

N'en recevés que de vous-même.
Entrés dans la carrière, embellissés nos jeux.
Le triomphe de ce que j'aime,
Est le seul qui manque à mes vœux.
Entrés dans la carrière, embellissés nos jeux.

ORIE.

Je puis tout ôfer pour vous plaire...
Ah ! c'eft vainement que j'efpere :
Mes talens négligés doivent trop m'allarmer.
Hélas! quand leur fecours me devient néceffaire,
Jé n'ai plus que celui d'aimer.

ARUÉRIS.

C'eft le plus enchanteur ; lui feul les fait tous naître.
Eh ! que feroient les talens fans l'amour?
Il les infpire, il les force à paroître,
Il leur prête fes traits, les place dans leur jour,
Et fa flâme eft leur premier maître.

(*On entend le prélude de la Fête.*)

(*à* ORIE.)   (*à part.*)

On vient... Triomphe Amour ; diffipe fon erreur.

(*O R I E fort.*)

SCÊNE III.

ARUÉRIS ÉGIPTIENS, *chantans & danſ:ns.*

ENTRÉE D'ÉGIPTIENS ET D'ÉGIPTIENNES, *qui viennent diſputer le prix des arts & des talens.*

ARUÉRIS.

VOs plaiſirs & votre allégreſſe
Sont pour Iſis l'encens le plus flatteur ;
Que ſa gloire & votre bonheur
Éclatent dans les jeux que j'offre à la déèſſe.

ARUÉRIS *ſe place ſur un trône élevé ſur le devant du théâtre.*

HIMNE à ISIS , *pour le prix de la voix.*

UN *BERGER.*

Brillés ſons enchanteurs, & volés juſqu'aux cieux ;
De la divine Iſis célébrés la mémoire.

LE *CHŒUR.*

Que les échos de cet Empire heureux ,
Retentiſſent de ſa gloire.

AIRS

AIRS PARODIÉS DU BALLET
pour la dispute du prix de la voix.
UNE *BERGERE.*

L'Amant que j'adore
Alloit former de nouveaux nœuds ;
J'entendis des oiseaux heureux,
Les chants amoureux
Au lever de l'aurore.

J'imitai leurs accens,
Mon Amant courut pour m'entendre :
Mes sons touchans
L'ont rendu fidéle & plus tendre
Je dois mon bonheur à mes chants ;

On continue le Ballet.

UN *BERGER Jouant de la Musette.*

Ma Bergère fuyoit l'amour ;
Mais elle écoutoit ma Musette.
Ma bouche discréte
Pour ma flâme parfaite,
N'ôsoit demander du retour.

Ma Bergère auroit craint l'amour ;
Mais je fis parler ma Musette.

B

Ses fons plus tendres chaque jour
Lui peignoient mon ardeur fecréte :
Si ma bouche étoit muette,
Mes yeux s'expliquoient fans détour.

Ma Bergere écouta l'amour,
Croyant écouter ma Mufette.

Le Ballet continue. Il eſt interrompu par ORIE.

SCÈNE DERNIERE.

ARUÉRIS, ORIE,

ET LES ACTEURS DE LA SCÈNE PRÉCÉDENTE.

ORIE.

POur entendre ma voix, Peuple, fufpens tes
Jeux.
  Naiffés du tranfport qui me me preffe,
   Naiffés, accens harmonieux.
Charmes du fentiment, divine & douce yvreffe,
  Paffés dans mes chants amoureux.

  Enchantés l'Amant que j'adore ;
  Sons touchans, fécondés mes feux.
Allés jufqu'à fon cœur, rendés plus tendre encore
  L'amour qui brille dans fes yeux.

  Sons brillans, hâtés-vous d'éclore,
  Volés, foyés l'image des Zéphirs.
  Amufés l'Amant que j'adore :
  Volés, foyés l'image des Zéphirs.

Peignés le doux penchant qui les ramene à Flore,
Gardés-vous d'exprimer leurs volages foupirs.
       B ij

Qu'à jamais mon Amant ignore
Si l'inconftance a des plaifirs.

TOUS LES CHŒURS.

Ciel, quels accens!... Triomphés, belle Orie.
Remportés le prix de la Voix.
Loin de nos cœurs les tourmens de l'envie!
L'amour feul nous donne des loix.

ARUÉRIS, avec les CHŒURS.

Triomphés, belle Orie,
Remportés le prix de la Voix.

ARUÉRIS.

A l'objet de vos vœux vous allés être unie,
Et fa félicité ne dépend que de vous.

ORIE.

A l'Amour je dois ma victoire.
C'eft pour lui dans ces jeux que j'ai cherché la
gloire,
Et c'eft de votre main que j'attens un Epoux.

*ARUÉRIS, en lui offrant la main.

Je partage le prix d'un triomphe fi doux!
Et vous Peuple aimable,

*Il donne à ORIE une Couronne de Mirthe.

L'Himen va couronner vos efforts généreux.
Venés, qu'une chaîne durable
Vous unisse & vous rende heureux.

SECOND BALLET.

Tous ceux qui ont disputé les différens Prix des Arts
forment ce Ballet.

ARUÉRIS, *alternativement avec ORIE*,

ET LES CHŒURS.

Himen, c'est le jour de ta gloire,
Vole, allume tes feux au flambeau de l'Amour.
Qu'à jamais de cet heureux jour
Les Jeux, & les Plaisirs consacrent la mémoire.

Himen, c'est le jour de ta gloire,
Vole, allume tes feux au flambeau de l'Amour.

FIN.

APPROBATION.

J'Ai lû, par ordre de Monseigneur le Garde des Sceaux, les Fragmens composés des Actes d'*Euthyme & Lyris*, *nouveau Ballet-Héroïque ;* d'*Arueris ou les Isies des Fêtes de l'Himen ;* & je n'y ai rien trouvé qui m'ait paru devoir en empêcher l'impression.

A Paris, ce 31 Août 1776.

CRÉBILLON.